BECOMING
origineel

BECOMING
attent

BECOMING
krachtig

BECOMING
eïnspireerd

BECOMING
eerlijk

BECOMING
open

BECOMING
astberaden

BECOMING
gedreven

BECOMING
creatief

BECOMING
ehulpzaam

BECOMING
gelukkig

BECOMING
nieuwsgierig

BECOMING
zeker

BECOMING
dapper

BECOMING
tevreden

I AM BECOMING

Jouw verhaal is wat je hebt,
wat je altijd zult hebben.
Het is iets wat jij bezit.

DIT VERHAAL IS VAN

(Mij)

Becoming, 'worden',
is niet een bepaald
iets willen worden of
een bepaald doel
bereiken. Het is een
voorwaartse beweging,
een manier om constant
naar een beter zelf
te streven.

EEN BERICHT VAN MICHELLE

Nadat mijn verhaal was uitgekomen, kreeg ik van heel veel mensen ongeveer dezelfde reactie, van vreemden, maar ook van vrienden en familie. Ze zeiden: 'Ongelofelijk dat je je nog zoveel herinnert.' Het is een opmerking waar ik gewoonlijk een beetje om moet lachen, omdat wat ik me het best herinner als ik denk aan het proces van het overpeinzen van mijn leven, juist het gevoel is dat ik diep moest graven naar herinneringen die net buiten mijn bereik lagen. *Hoe heette ze ook alweer? Nam ik dat besluit voor- of nadat ik met Barack had gepraat? In welke staat deed zich dat voor tijdens de campagne?*

Ik heb maar een klein deel van mijn leven een dagboek bijgehouden, alleen in de laatste jaren voor mijn dertigste toen mijn relatie met Barack serieuzer werd en ik een nieuwe carrière overwoog. Het was een tumultueuze tijd vol verandering en ik kwam erachter dat tijd wijden aan het opschrijven van mijn gedachten me door alle overgangen hielp. Daarna heb ik het weggelegd en niet meer opgepakt totdat ik mijn verhaal ging schrijven. Toen kwam ik direct terug bij die eerdere versie van mezelf en stroomde alle warmte, verdriet en frustratie weer binnen.

Ik vroeg me af waarom ik toen niet meer heb opgeschreven. Het antwoord, en ik ben er zeker van dat dat ook voor zovelen van jullie geldt, is dat ik het gewoon te druk kreeg. Ik veranderde van baan. Ik trouwde. Ik kreeg kinderen. En op een gegeven moment stond ik in een avondjurk in het Witte Huis, hoe dat ook is gebeurd.

Terugkijkend wilde ik dat ik meer tijd had vrijgemaakt om op te schrijven wat ik toen dacht en vond. Ik schreef niet veel op omdat ik mezelf uit die verplichting praatte – een dagboek bijhouden kan een beetje intimiderend zijn en implicaties hebben, het idee dat als je eenmaal een pen op papier zet, je gedachten extra gewicht en betekenis krijgen.

Wat ik nu herken is echter veel eenvoudiger: we hoeven ons niet alles te herinneren. Maar alles wat we ons herinneren, is waardevol.

Je hoeft niet poëtisch te zijn of te wachten op een of ander plotsklaps verhelderend inzicht. Je hoeft niet elke dag aan je dagboek te werken en je hoeft al helemaal niet het gevoel te hebben dat het belangrijk moet zijn wat je opschrijft. Je kunt het over net zoiets doodgewoons hebben als het geluid van een ijskrabber op de voorruit van je auto op zo'n ijzige winterdag in Chicago. Het vleugje dennengeur in huis van een schoonmaakmiddel na de voorjaarsschoonmaak. De rit naar huis vanaf het vliegveld in de auto van je moeder. Zelfs je to-dolijst voor de volgende dag. Een van mijn favoriete stukken gaat over een verder weinig opwindende avond in een buurtrestaurant waar een oude man de perfecte playlist intoetste in de jukebox.

Vergeet niet dat alles ertoe doet – de geluiden en de geuren, het lachen en de pijn – omdat het uiteindelijk allemaal deel uitmaakt van jouw verhaal. Ik hoop dat je dit journal gaat gebruiken om jouw ervaringen, gedachten en gevoelens, met al hun onvolkomenheden en zonder te oordelen, zult opschrijven. Dit is geen oefening in het verfraaien van jouw ervaringen, of in het opschrijven van iets anders dan je in werkelijkheid voelt, geen poging jezelf te dwingen naar de volmaakte afloop. Want de schoonheid van het leven is dat wat je vandaag ervaart, er over een paar maanden of een paar jaar of een paar decennia heel anders uitziet. Je kunt later nog eens teruggaan naar deze bladzijden en aspecten van jezelf herkennen die je op dit moment nog ontgaan, wat vooral waar is voor degenen die nog in een vroeg stadium zijn van de reis, als de genoegens en de pijn soms nog te vers voelen, te nieuw. Schrijven is een manier om te verwerken, te begrijpen, te groeien en ja, te herinneren.

Dat is misschien wel het fundamenteelste deel van *becoming*: deze verzameling verhalen teruglezen die je gaat opschrijven en gaat omarmen voor wat ze zijn: van jou.

Liefs,

Michelle Obama

Als je niet inziet dat jouw verhaal ertoe doet, is de kans groot dat niemand dat doet. Hoewel dat niet altijd makkelijk is, is het van belang de kracht te vinden jouw waarheid te delen. Omdat de wereld die moet horen.

DATUM / /

Wat is jouw verhaal en hoe heb je geleerd dit te omarmen?

DATUM / /

Wanneer nam
jouw verhaal een
plotselinge wending?

BECOMING

DATUM / /

Heb je een favoriete quote? Noteer er hier drie.

DATUM / /

Beschrijf in zo veel mogelijk detail een moment waar jij het meest trots op bent.

BECOMING

Mijn opvoeding was
erop gericht dat ik veel
zelfvertrouwen kreeg
en dat alles mogelijk was,
om te geloven dat ik mijn
dromen kon waarmaken
en alles kon bereiken waar
ik mijn zinnen maar op
had gezet. En ik wilde
alles…

DATUM / /

Wat wil jij? Noem tien dingen die je voor jezelf wilt bereiken. Schrijf voor elk punt een eenvoudige stap op die deze wens iets dichterbij kan brengen.

1.

2.

3.

4.

5.

6.

7.

8.

9.

10.

DATUM / /

Beschrijf het huis uit je jeugd. Welke details zijn je het meest bijgebleven? Wat maakte jouw huis anders dan het huis van je vrienden?

DATUM / /

Beschrijf je huidige huis. Op welke manier verschilt het van dat van je vrienden? Wat vind je er het mooist aan?

BECOMING

DATUM / /

Ik had niets of ik had alles. Het hangt er maar van af hoe je het wilt vertellen.

Waar we vandaan komen heeft een groot effect op wie we nu zijn. Beschrijf de buurt waarin je opgroeide. Wat was daar speciaal aan? Wat was een uitdaging? Hoe heeft het je gevormd in wie je nu bent?

DATUM / /

Noem vijf favoriete gerechten.

1

2

3

4

5

DATUM / /

Omschrijf een etentje dat je is bijgebleven. Wat heb je toen gegeten? Was het thuis of ergens anders?

BECOMING

DATUM / /

Wat deed je als kind in de zomervakantie?

DATUM / /

Welke hobby's of activiteiten deed je vroeger waar je nu geen tijd meer voor hebt? Hoe zou je die weer op kunnen pakken?

DATUM / /

Als je nog een keer zou kunnen spreken met een dierbare die er niet meer is, wat zou jij hem of haar vragen?

DATUM / /

Waar komen je voorouders vandaan en met welke uitdagingen werden zij geconfronteerd?

BECOMING

Als er iets is wat ik heb geleerd in het leven, dan is het de kracht van je eigen stem te gebruiken.

Beschrijf een moment dat je jouw waarheid tegen anderen uitsprak. Hoe voelde je je toen? Wat heb je daarvan geleerd?

DATUM / /

BECOMING

DATUM / /

Wat voor een persoon wil je worden?

DATUM / /

Wat wil jij bijdragen aan de wereld? Welke kleine stap kun jij dit jaar nog zetten om die bijdrage daadwerkelijk te leveren?

DATUM / /

Heb de moed om deze maand iets meer van jouw verhaal met iemand anders te delen. Vraag de ander naar zijn of haar verhaal. Wat heb je over jezelf geleerd? Wat heb je over de ander geleerd?

Er zit kracht in jezelf toestaan gekend en gehoord te worden, in het vertellen van je eigen unieke verhaal, in het gebruiken van je eigen authentieke stem. En er zit goedheid in de bereidheid anderen te willen kennen en horen. Voor mij is dit hoe we worden, *how we become.*

DATUM / /

Wat zijn de belangrijkste lessen die je als kind hebt geleerd?

BECOMING

Mijn familie was mijn wereld, het centrum van alles.

Wat betekent familie voor jou?

DATUM / /

BECOMING

DATUM / /

Omschrijf in zo veel mogelijk detail een van je favoriete herinneringen die je samen met je dierbaren beleefde.

DATUM / /

Beschrijf jouw perfecte dag – van ontbijt tot avondeten.

BECOMING

DATUM / /

Schrijf een brief naar jezelf als puber, geef advies en vertel wat de toekomst zal brengen.

DATUM / /

Schrijf een brief aan je toekomstige ik, waarin je je verwachtingen voor de komende jaren uiteenzet.

DATUM / /

Wat is het spontaanste dat je ooit hebt gedaan?

DATUM / /

Wat zijn de tien belangrijkste dingen die je deze maand zijn overkomen?

1.

2.

3.

4.

5.

6.

7.

8.

9.

10.

Ik was vrouw, zwart en sterk, wat door sommige mensen met een zekere denkrichting alleen te vertalen was als 'boos'. Het was opnieuw zo'n lasterlijk cliché, een gemeenplaats die altijd werd gebruikt om vrouwen uit minderheden aan de kant te schuiven, een onbewust signaal om niet te luisteren naar wat wij te zeggen hebben.

DATUM / /

Ben je ooit onderworpen aan een cliché? Hoe reageerde je?

BECOMING

DATUM / /

Kijk uit het raam en
schrijf op wat je ziet.

DATUM / /

Wat waren de grootste krantenkoppen op de dag dat je geboren bent? Is het iets wat vandaag de dag nog relevant is?

DATUM / /

Wat was het laatste goede boek dat je las? Wat heb je ervan geleerd?

Een van de eerste boeken waaraan ik verslingerd raakte en van kaft tot kaft in één dag las was het boek *Song of Solomon* van Toni Morrison. Door dat boek kwam ik erachter dat je kon houden van lezen, want tot dan toe was lezen voor mij iets wat je móést doen. Maar dat boek greep me bij de keel en ik bleef maar lezen en lezen… Er zijn vele, vele vergelijkbare mooie boeken die ik de jaren daarna heb gelezen, maar *Song of Solomon* was mijn eerste.

DATUM / /

Noem tien dingen die je graag doet als je niet aan het werk bent.

1.

2.

3.

4.

5.

6.

7.

8.

9.

10.

DATUM / /

Wat is je waardevolste bezit en hoe heb je het verkregen?

Falen is een gevoel dat zich aandient lang voordat het werkelijkheid wordt. Het is kwetsbaarheid die gepaard gaat met onzekerheid en dan, vaak moedwillig, verhevigd wordt door angst.

Wat kun je — als individu, ouder of lid van een groep — doen om de cirkel van angst en falen te doorbreken?

DATUM / /

BECOMING

DATUM / /

Kies je favoriete foto en schrijf een verhaal waarin je beschrijft wat je ziet.

DATUM / /

Wie is de gelukkigste persoon die je kent? Wat maakt hem of haar volgens jou gelukkig?

Door nieuwe perspectieven te zoeken en buiten onze comfortzone te treden, kunnen we meer over onszelf ontdekken.

Als je overal naartoe zou kunnen reizen, waar zou je dan heen gaan en wat zou je doen?

DATUM / /

BECOMING

DATUM / /

Denk terug aan een moment in je kindertijd dat je je grootouders of andere ouderen bezocht. Neem één specifieke herinnering aan deze bezoekjes met de grootst mogelijke details in gedachten, inclusief beelden, geluiden en geuren en schrijf erover.

DATUM / /

Hoe hebben deze ouderen een stempel gedrukt op wie je nu bent?

BECOMING

DATUM / /

Noem tien favoriete groenten en hoe je die graag bereidt.

1.

2.

3.

4.

5.

6.

7.

8.

9.

10.

Nu weet ik dat frambozen
het sappigst zijn in juni,
dat sla met donker blad
de meeste voedingsstoffen
bevat en dat het
helemaal niet zo moeilijk
is om boerenkoolchips
te maken in de oven.

DATUM / /

Hoe word jij gevoed door de natuur?

BECOMING

DATUM / /

Hoe vier jij vakantie?
Welke tradities
koestert jouw familie?

DATUM / /

Beschrijf een onvergetelijke vakantie – recent of in het verleden. Waar was je? Wie was er bij je? Welk eten werd er geserveerd?

Je weet pas hoe gehecht je bent aan een plek tot je verhuist, tot je hebt ervaren wat het betekent om los te komen, als een kurk stuurloos drijvend in zee.

Wanneer was de laatste keer dat je je op een nieuw of onbekend terrein begaf? Welke invloed had deze plotselinge verandering op je? Hoe heeft dit jouw leven verrijkt?

DATUM / /

BECOMING

DATUM / /

Kinderen zullen zelf meer investeren als ze merken dat er in hen wordt geïnvesteerd.

Noem vijf mensen die in jou investeerden toen je een kind was.

1

2

3

4

5

DATUM / /

Kies één persoon van je lijstje op de vorige pagina en beschrijf hoe zijn of haar steun heeft bijgedragen aan wat je nu hebt bereikt.

DATUM / /

Hoe ging je naar school toen je jong was?

DATUM / /

Welke leerkracht had de meeste invloed op je toen je klein was? Hoe heeft deze persoon zo'n indruk kunnen achterlaten?

DATUM / /

Wat is je grootste offer geweest?

BECOMING

Ik heb een eigenschap waar ik mijn hele leven op heb gesteund: het onderhouden van een groep van heel goede en ondernemende vriendinnen, een veilige haven van vrouwelijke wijsheid.

1

Noem drie mensen uit je *inner circle* die je kracht geven. Schrijf naast elke naam waarom dit zo is.

DATUM / /

2

3

DATUM / /

Maak een playlist van tien nummers waar je eindeloos naar kunt luisteren.

1.

2.

3.

4.

5.

6.

7.

8.

9.

10.

Muziek is altijd bepalend geweest voor wie ik ben.

EEN *BECOMING* PLAYLIST

1. 'Ain't No Mountain High Enough', Marvin Gaye and Tammi Terrell
2. 'The Way You Do the Things You Do', The Temptations
3. 'Dancing in the Street', Martha Reeves & the Vandellas
4. 'Please, Mr. Postman', The Marvelettes
5. 'This Old Heart of Mine (Is Weak for You)', The Isley Brothers
6. 'Ain't Nothing Like the Real Thing', Marvin Gaye and Tammi Terrell
7. 'Baby Love', The Supremes
8. 'It's the Same Old Song', Four Tops
9. 'Just My Imagination (Running Away with Me)', The Temptations
10. 'Signed, Sealed, Delivered (I'm Yours)', Stevie Wonder
11. 'I Heard It Through the Grapevine', Gladys Knight & the Pips
12. 'My Guy', Mary Wells
13. 'It Takes Two', Marvin Gaye and Kim Weston
14. 'I Can't Help Myself (Sugar Pie, Honey Bunch)', Four Tops
15. 'Who's Loving You', The Jackson 5
16. 'Beauty Is Only Skin Deep', The Temptations
17. 'The Tracks of My Tears', Smokey Robinson & the Miracles
18. 'For Once in My Life', Stevie Wonder
19. 'Baby, I'm for Real', The Originals
20. 'Reach Out I'll Be There', Four Tops

21. 'What's Going On', Marvin Gaye

22. 'Mercy Me (The Ecology)', Marvin Gaye

23. 'As', Stevie Wonder

24. 'Color', Zhané

25. 'I Love Your Smile', Shanice

26. 'Treat Her Like a Lady', The Temptations

27. 'Zoom', Commodores

28. 'The Truth', India.Arie

29. 'Didn't Cha Know', Erykah Badu

30. 'My Cherie Amour', Stevie Wonder

31. 'Woman's World', BJ the Chicago Kid

32. 'I'm Coming Out', Diana Ross

33. 'Video', India.Arie

34. 'Square Biz', Teena Marie

35. 'Rhythm of the Night', DeBarge

36. 'You and I', Rick James

37. 'Someday We'll Be Together', Diana Ross & the Supremes

38. 'Feel So Good', Perri

DATUM / /

Ik heb geleerd dat het moeilijker is om iemand van dichtbij te haten.

Beschrijf een gesprek dat je kortgeleden had met iemand die jouw verhaal of perspectief niet deelde. Hoe voerde je dat gesprek?

DATUM / /

Hoe was de kindertijd van je ouders of grootouders? Op welke manier verschilde die van jouw jeugd? En wat zijn de overeenkomsten?

BECOMING

Jouw verhaal is het
krachtigste deel van wie
je bent – de worstelingen,
mislukkingen, overwinningen
en alles daartussenin.
Vergeet niet altijd open te
staan voor nieuwe
ervaringen en laat twijfels
nooit in de weg staan.

DATUM / /

Noem één worsteling, één mislukking en één overwinning die je in je leven hebt meegemaakt. Wat heb je van elk geleerd?

EEN WORSTELING

EEN MISLUKKING

EEN OVERWINNING

DATUM / /

Heb je tijd in het leger doorgebracht, of ken je iemand die dat heeft gedaan? Wat betekent het voor jou om je land te dienen?

DATUM / /

Hoe zou je jezelf omschrijven aan iemand die jou niet kent?

BECOMING

DATUM / /

Becoming vereist gelijke delen geduld en hardheid.

Schrijf over een keer dat geduld en hardheid hebben bijgedragen aan je eigenliefde en groei.

DATUM / /

Beschrijf een specifieke gebeurtenis waarin iemand je ontmoedigde je dromen waar te maken en je vertelde je verwachtingen naar beneden bij te stellen. Hoe voelde je je toen? Hoe ben je hiermee omgegaan?

DATUM / /

Noem redenen waarom die persoon geen gelijk had.

1

2

3

4

5

DATUM / /

Wanneer heb je voor het laatst eens goed gehuild, en hoe voelde je je achteraf?

DATUM / /

Hoe zorg je voor jezelf na een slechte dag?

BECOMING

Een overgang is precies dat: het overgaan in iets nieuws.

In welke overgang zit jij nu?
Ben je er klaar voor?

DATUM / /

DATUM / /

Wat was je favoriete tv-programma dat je als kind keek? En wat kijk je nu graag?

DATUM / /

Wie is je favoriete tv-persoonlijkheid en wat trekt je in hem of haar aan?

BECOMING

DATUM / /

Denk aan iets waar je recent aan bent begonnen – iets wat misschien nieuw, opwindend en mogelijk ook een beetje eng heeft gevoeld. Noem drie specifieke eigenschappen van jezelf waaruit blijkt dat jij deze uitdaging zeker aankunt.

1

2

3

DATUM / /

Als je terug in de tijd zou kunnen reizen en jezelf advies zou kunnen geven als je voor een uitdaging staat, wat zou je dan zeggen?

DATUM / /

Welke van jouw opvattingen zijn in de loop der jaren veranderd? En welke zijn hetzelfde gebleven?

BECOMING

DATUM / /

Denk terug aan je grootste worsteling. Welke was dat en hoe ben je erdoor gegroeid?

Iedereen op aarde draagt een verborgen geschiedenis met zich mee en dat alleen al verdient enig begrip.

Welke grote historische gebeurtenis heeft jouw familie beïnvloed? Dit mag in het verre verleden zijn, maar ook iets recents.

DATUM / /

BECOMING

DATUM / /

Welke rol speelt religie of spiritualiteit in jouw leven?

DATUM / /

Schrijf over een moment dat je je zorgeloos voelde.

BECOMING

Ben ik goed genoeg?

Yes I am.

DATUM / /

Noem tien redenen waarom jij speciaal bent en ertoe doet. Kijk naar deze lijst wanneer je hierover twijfelt. Je bent altijd goed genoeg!

1.

2.

3.

4.

5.

6.

7.

8.

9.

10.

DATUM / /

Schrijf een dankbrief aan iemand van wie je houdt.

DATUM / /

Hoe maak jij contact met de buurt waarin je woont?

DATUM / /

Beschrijf jouw buurt en hoe die de laatste decennia is veranderd.

DATUM / /

Noem vijf veranderingen die de gemeente zou moeten doorvoeren die de buurt waarin je woont positief zouden beïnvloeden.

1

2

3

4

5

DATUM / /

Noem je grootste talenten. Omarm ze en wees er trots op!

1.

2.

3.

4.

5.

6.

7.

8.

9.

10.

DATUM / /

Hoe zou je het woord *leider* definiëren? Heb je ooit overwogen om een leiderschapsrol op je te nemen? Waarom of waarom niet?

BECOMING

DATUM / /

Onzekerheid maakt de gevoelens op het moment zelf niet minder moeilijk, maar kan uiteindelijk wel van nut zijn – zolang die onzekerheid maar niet bepaalt hoe je over jezelf denkt.

Welke twijfels over jezelf bleken achteraf onnodig? Wat doe je wanneer je overspoeld wordt door onzekerheid?

Zovelen van ons leiden
een leven met een
verborgen verleden,
beschaamd of bang dat
de volledige waarheid
niet voldoet aan een of
ander vaststaand ideaal.
Dat wil zeggen, totdat
iemand dat verhaal anders
gaat vertellen.

DATUM / /

Schrijf over iemand die je kent, die de moed had om zijn of haar verhaal te vertellen. Veranderde dit het beeld dat jij van hem of haar had? Veranderde dit jouw zelfbeeld?

DATUM / /

Hoe kijk jij naar de seizoenen? Wat is jouw favoriete maand van het jaar?

DATUM / /

Omarm jij verandering in je leven? Waarom, of waarom niet?

BECOMING

Voor mij had leren iets magisch.

Welke vaardigheden of lessen heb je als volwassene geleerd? Hoe zorgt leren voor verandering in je huidige leven?

DATUM / /

BECOMING

DATUM / /

Welke pionier uit de geschiedenis heeft je beïnvloed? Als je deze persoon zou ontmoeten, wat zou je diegene dan vragen?

BECOMING

DATUM / /

Hoe wil jij herinnerd worden?

We zaaien zaadjes
van verandering,
waarvan we de vruchten
misschien nooit zullen
zien. We moeten
geduld hebben.

DATUM / /

Noteer vijf kleine successen die je deze week behaald hebt.

1

2

3

4

5

DATUM / /

Verandering begint met iets kleins. Wat kun jij deze week doen om een nieuwe verandering in je leven of in het leven van iemand anders in gang te zetten?

BECOMING

DATUM / /

Als je niet naar buiten treedt om jezelf neer te zetten, word je snel en onzorgvuldig door anderen neergezet.

Hoe hebben anderen in het verleden geprobeerd je neer te zetten en hoe verschilt hun perceptie van hoe jij jezelf ziet?

DATUM / /

Schrijf over iemand buiten je familiekring die voelt als een familielid. Wat waardeer je het meest in hem of haar?

BECOMING

DATUM / /

De belangrijkste stukjes van mijn levensverhaal, zo begon ik te beseffen, lagen niet zozeer in de direct zichtbare waarde van wat ik heb bereikt, maar in het fundament eronder: al die momenten waarop ik in de loop der jaren steun en hulp heb ontvangen bij het opbouwen van mijn zelfvertrouwen.

Wie zijn jouw mentoren en hoe onderhoud je die relaties?

DATUM / /

Hoe vaak zie jij je vrienden en wat doen jullie dan graag? Zie je ze vaak genoeg?

DATUM / /

Noem je tien favoriete films.

1.

2.

3.

4.

5.

6.

7.

8.

9.

10.

DATUM / /

Wat geef jij terug aan de gemeenschap?

DATUM / /

Hoe heb jij bij kunnen dragen aan verandering in andermans leven?

DATUM / /

Als je een speech op een diploma-uitreiking moest geven, welk advies zou je de afgestudeerden dan meegeven?

DATUM / /

Hoe was je dag? Noem vijf dingen die goed gingen.

1

2

3

4

5

DATUM / /

Wat betekent
self-care voor jou?
Hoe kun je meer tijd
vrij maken om voor
jezelf te zorgen?

DATUM / /

Voor wie in jouw familie draag jij de zorg? Wat zegt die relatie over jou?

BECOMING

Samenleven met Baracks doelgerichtheid was iets waaraan ik me had aan te passen, niet omdat hij er zo mee pronkte, maar omdat het zo aanwezig was.

Wat geeft richting aan jouw leven? Welke persoon in jouw omgeving ervaart de gevolgen van wat jij besluit?

DATUM / /

BECOMING

DATUM / /

Heb je ooit iemand verloren? Hoe heeft dat zijn sporen nagelaten in jouw leven?

DATUM / /

Schrijf over het moment dat je voor het laatst innerlijke rust hebt ervaren. Waar was je? Wat deed je? Hoe kun teruggaan naar dat gevoel?

DATUM / /

Wanneer besefte je voor het laatst dat je het gevoel had dat je het verkeerde pad bewandelde terwijl iedereen om je heen wellicht dacht dat je op de goede weg was? Wat heb je toen gedaan?

DATUM / /

Noem de tien belangrijkste maatschappelijke vraagstukken waarvan je het gevoel hebt dat je die aandacht dient te geven.

1.

2.

3.

4.

5.

6.

7.

8.

9.

10.

When they go low, we go high.

Hoe breng jij bovenstaande in de praktijk?

DATUM / /

BECOMING

DATUM / /

Wie was je eerste liefde?

DATUM / /

Hoe gaat jouw familie om met druk van de buitenwereld?

BECOMING

DATUM / /

Heb je ooit ambities omarmd die op gespannen voet stonden met de waarden en belangen van dierbaren om je heen? Hoe heb je je tussen die verschillende werelden verhouden?

DATUM / /

Als je meer tijd zou hebben om te doen wat je leuk vindt, wat zou je dan doen?

BECOMING

Ik wilde een werkleven en een thuisleven, maar met enige garantie dat het ene het andere niet zou verdringen. Ik hoopte precies hetzelfde te worden als mijn moeder en tegelijkertijd juist helemaal niet. Het was merkwaardig en verwarrend om hierover na te denken. Kon ik alles krijgen? Zou ik alles krijgen? Ik had geen idee.

DATUM / /

Hoe vind jij een balans tussen de rivaliserende werelden van werk en privé?

BECOMING

DATUM / /

Noem tien uitstapjes die je met je familie hebt gemaakt.

1.

2.

3.

4.

5.

6.

7.

8.

9.

10.

DATUM / /

Kies een uitstapje uit de lijst op de vorige bladzijde en ga er dieper op in: wat deed je, waar ging je heen en met wie ging je?

DATUM / /

Wie ben je dankbaar, of waar ben je dankbaar voor?

DATUM / /

Hoe laat je jouw dankbaarheid merken?

BECOMING

DATUM / /

Wanneer moest je van de gebaande paden afwijken? Hoe heeft dat je geholpen?

DATUM / /

Hoe blijf je in balans?

BECOMING

DATUM / /

Wat is je favoriete manier om te ontspannen na een zware dag?

DATUM / /

Wat inspireert jou? Noteer de eerste tien dingen die in je opkomen.

1.

2.

3.

4.

5.

6.

7.

8.

9.

10.

De succesvolste mensen die ik ken hebben geleerd te leven met kritiek, om te vertrouwen op mensen die in hen geloven en te streven naar hun doel.

Denk na over iemand die je kent die obstakels heeft overwonnen om zijn of haar doelen te bereiken. Hoe deed diegene dat volgens jou? Wat heb je geleerd van hun reis?

DATUM / /

BECOMING

DATUM / /

Beschrijf een moment waarop je voor jezelf moest opkomen. Waar haalde je de moed vandaan? Wat stond je in de weg?

DATUM / /

Voelde je ooit de behoefte om voor iemand anders op te komen? Beschrijf de situatie en de uitkomst.

DATUM / /

Wie is je rolmodel?
Hoe heeft deze
persoon jou gevormd?

DATUM / /

Wie kijkt tegen jou op? Hoe stimuleer je diegene zijn of haar doelen te bereiken?

BECOMING

DATUM / /

Wat is jouw ochtendritueel?

DATUM / /

Noem vijf dingen die je helpen ontspannen.

1

2

3

4

5

DATUM / /

Noteer hier je favoriete familierecept. Op welke manier is het uniek?

DATUM / /

Waar komt je naam vandaan en hoe heeft dit invloed gehad op de persoon die jij bent geworden?

DATUM / /

Hoe neem je je eigen geschiedenis, cultuur en ervaringen mee naar plekken waar ze niet hebben bestaan?

DATUM / /

Als je de geschiedenisboeken van je middelbare school zou kunnen herschrijven, wat zou je dan toevoegen dat er nu niet in staat?

DATUM / /

Omschrijf de wereld van je dromen. Welke veranderingen – op individueel, nationaal of mondiaal niveau – zou jij willen zien?

Iedereen kent het gevoel van onzekerheid of onmacht, ongeacht achtergrond, huidskleur en politieke overtuiging. We zijn allemaal weleens verdrietig omdat de groei die nodig is om daar te komen waar we naartoe willen soms langzaam gaat en frustrerend is.

DATUM / /

Beschrijf een specifieke plek met een belangrijke betekenis voor jouw familie.

DATUM / /

Als je móét kiezen, wie is dan de waardevolste persoon in je leven? Hoe heb je hem of haar ontmoet en wat heeft de toekomst volgens jou voor jullie in petto?

DATUM / /

Welke vijf boeken vond je als kind geweldig?

1

2

3

4

5

DATUM / /

Beschrijf een wijze persoon uit jouw omgeving.

BECOMING

DATUM / /

Gebruik deze ruimte om een brief te schrijven aan iemand die je lange tijd niet hebt gesproken en breng hem of haar op de hoogte van wat er in jouw leven is gebeurd sinds de laatste keer dat jullie elkaar zagen.

DATUM / /

Gebruik deze ruimte om favoriete uitspraken van je familie vast te leggen. Schrijf erbij wie de uitspraak deed en wat deze uitspraak voor jou betekent.

Ik had in mijn leven
nog maar weinig
avondjurken gedragen,
maar Jason Wu's creatie
verrichtte een wondertje:
net toen ik begon te
denken dat er niets meer
van me over was om
te laten zien, voelde
ik me weer zacht en
mooi en open.

DATUM / /

Noem tien favoriete kledingstukken en vermeld erbij waar en wanneer je ze hebt gedragen.

1.

2.

3.

4.

5.

6.

7.

8.

9.

10.

DATUM / /

Onderwijs is het belangrijkste instrument van verandering geweest in mijn eigen leven, mijn hefboom naar mijn plek in de wereld.

Welke rol speelt onderwijs in jouw leven?

DATUM / /

Beschrijf een van je favoriete herinneringen aan je jeugd zo gedetailleerd mogelijk.

DATUM / /

Noem tien dingen die je vandaag op weg naar huis hebt gezien en die de meeste andere mensen waarschijnlijk niet zijn opgevallen.

1.

2.

3.

4.

5.

6.

7.

8.

9.

10.

DATUM / /

Breng een middag of avond door zonder naar sociale media of het nieuws te kijken. Hoe voelde het om tijdelijk uitgelogd te zijn?

DATUM / /

Als je familie bij elkaar komt, wat doen jullie dan?

Ik heb het geluk gehad dat ik ouders, leerkrachten en mentoren heb gehad die me allemaal één simpele boodschap meegaven:

Jij doet ertoe.

DATUM / /

Wie geven jou het gevoel dat je ertoe doet? Hoe laten ze je dat weten?

DATUM / /

Wat doe jij graag om gezond te blijven?

DATUM / /

Noem drie nieuwe hobby's waar jij graag tijd aan zou willen besteden.
Wat trekt je in deze bezigheden zo aan?

Mijn vader greep elk excuus aan om te rijden. Hij hield van zijn auto, een bronskleurige tweedeurs Buick Electra 225, die hij trots de *deuce and a quarter* noemde, de 'tweeëneenkwart'.

Beschrijf jullie auto van vroeger of een ander vervoermiddel waar jij als kind vaak in hebt gezeten. Omschrijf de geluiden en geuren.

DATUM / /

BECOMING

DATUM / /

Wat is de langste autoreis die je ooit hebt gemaakt.

DATUM / /

Wat zou de buurt of wijk waar je woont een betere plek maken?

DATUM / /

Kinderen weten al op heel jonge leeftijd wanneer ze ondergewaardeerd worden.

Hoe zorg jij ervoor dat de kinderen in jouw omgeving zich gewaardeerd voelen?

DATUM / /

Waar lig jij wakker van?

DATUM / /

Hoe verschilt dit jaar van vorig jaar?

BECOMING

DATUM / /

Welke vijf dingen wil jij bereiken voor het einde van de maand?

1

2

3

4

5

DATUM / /

Doe dit journal dicht, sluit je ogen en haal tien keer diep adem. Schrijf dan op hoe je je voelt.

BECOMING

DATUM / /

Denk terug aan een moment dat je iets waardevols weggaf. Wat gaf je weg en waarom?

DATUM / /

Wanneer was de laatste keer dat je de zon onder zag gaan? Wat deed je toen?

DATUM / /

Becoming is het nooit opgeven van het idee dat er steeds ontwikkeld moet blijven worden.

Wat betekent het idee van *'becoming'* voor jou?

Deze uitgave kwam tot stand door bemiddeling van Sebes & Bisseling Literary Agency te Amsterdam

Het geselecteerde materiaal verscheen eerder in *Mijn verhaal. Becoming* van Michelle Obama uit 2018.

Oorspronkelijke titel: *Becoming. A Guided Journal for Discovering Your Voice.*
Oorspronkelijk uitgegeven door: Clarkson Potter/Publishers, 2019

Omslagontwerp: Christopher Brand, New York
Omslagontwerp Nederlandse uitgave: Peter de Lange, Amsterdam
Typografie: Krijnie Gerritsen, *bijzee*

ISBN 978 90 488 5477 6

www.hollandsdiep.nl
www.overamstel.com

OVERAMSTEL
uitgevers

Hollands Diep is een imprint van Overamstel Uitgevers bv

BECOMING
dapper

BECOMING
gepassioneerd

BECOMING
vriendelijk

BECOMING
gelukkig

BECOMING
nieuwsgierig

BECOMING
dankbaar

BECOMING
onbevreesd

BECOMING
zeker

BECOMING
sterk

BECOMING
eerlijk

BECOMING
geïnspireerd

BECOMING
tolerant

BECOMING
open

BECOMING
stoer

BECOMING
dankbaar